AF141971

Where
the
Dragon's
Rain
Falls

Where the Dragon's Rain Falls

1

summer

Aus dem Koreanischen von Jessica Walther

Inhalt

Kapitel 1

Seit Urzeiten ver-
weilten Drachen
an der Seite der
Herrscher...

... und kümmerten sich
um das schwache und
hungernde Volk.

Suu!

Diese Bäume werden nur in den innersten Bereichen des kaiserlichen Palastes von Rahan gepflanzt. Sie symbolisieren die Sehnsucht nach der Geburt eines Drachen, weshalb die Priester des kaiserlichen Schreins einen Zauber in die Wurzeln und Äste gewoben haben.

Wenn die Geburt eines Drachen bevorsteht, sollen die Blüten schneeweiß werden.

Das ist doch nur Aberglaube.

Viele Länder behaupten zwar, im Besitz eines Dracheneis zu sein...

... aber ich habe noch nie gehört, dass in einem dieser Reiche wirklich ein Drache geschlüpft sei.

Die Großmutter meiner Großmutter hat gesagt, dass sie mal einen echten Drachen gesehen hat.

Auch wenn ich nicht weiß, ob das in Rahan war, da Großmutter auch aus einem anderen Land stammte.

Der Regen, den Drachen herbeibeschwören, segnet jeden Fleck Erde, den er berührt, und lässt Kranke wieder gesund werden.

Deshalb wird er auch als barmherziger Regen, der Segen und Leben bringt, bezeichnet.

Ist
das nicht
großartig?

Auch wenn die
Blüten noch nicht ganz
weiß sind, so scheinen
sie doch von hellerer
Farbe als im letzten
Jahr zu sein.

Regen
von einem
Drachen...

Na ja...
Wenn es regnet,
tut das der Erde
natürlich gut.

Mir wäre es
allerdings lieber,
wenn statt Regen
Gold vom Himmel
fallen würde.

Hey, das ist
Gotteslästerung!

Aber du
hast schon
recht...

Ein Goldregen
würde mir auch
besser gefallen.

Haha,
siehst du?

Da fällt mir ein, du bist ja erst letztes Jahr zu uns gekommen. Dann wirst du das Fest im Palast zum ersten Mal miterleben.

Oh, stimmt. Ich lebe jetzt zwar schon eine ganze Weile im Palast...

... aber bisher habe ich nur Geschichten davon gehört. Das Laternenfest soll ja spektakulär sein.

Das diesjährige Fest wird wohl noch pompöser, da Seine kaiserliche Majestät krank ist.

Die Prinzen werden auch persönlich an der Jagd teilnehmen.

Der Kaiser ist nun schon seit einem halben Jahr krank.

Es gibt auch keine Neuigkeiten zu seinem aktuellen Zustand, oder?

Tja, es ist fraglich, wie das weitergeht...

Selbst der Kronprinz ist in einer prekären Situation.

Ich habe gehört, dass er bald entthront werden soll.

Aber auch um das durchzusetzen, muss der Kaiser erst mal wieder auf die Beine kommen.

Es sind dieses Jahr bereits drei Prinzen verstorben. Auch wenn es hier haufenweise davon gibt, trägt doch jeder einzelne königliches Blut in sich.

Ich befürchte, der Kronprinz wird seine Stellung nicht mehr lange halten können, wenn man bedenkt, wie erbarmungslos und ambitioniert die edle Konkubine ist.

Wenn er nicht wirklich wie in der Sage einen Drachen erweckt...

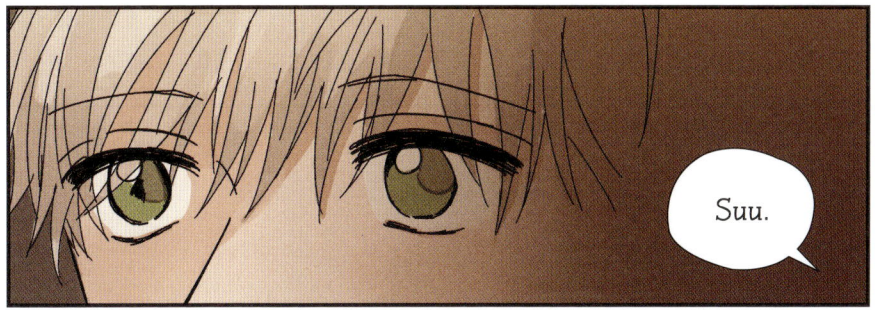

Suu.

Mamsell
Ju.

Ich
bin gleich
zurück.

NICK

Gut.

Du scheinst noch beschäftigter zu sein als sonst

Ja, es ist nicht mehr lange hin bis zum Fest des Drachen.

So fleißig wie immer.

Das hier...

... ist eine Belohnung der edlen Konkubine dafür, dass du deine letzte Aufgabe so bravourös erledigt hast.

Vielen Dank.

Die edle Konkubine ist vor sieben Jahren in den Palast gekommen und in Windeseile die Rangleiter der niederen Konkubinen emporgeklettert.

Momentan ist sie im siebten Monat schwanger, ihr Kind wird im Sommer erwartet.

Oh, du da.

Eine Teetasse mit Kräuter-medizin.

Die Tasse steht ein wenig schräg.

Oh, danke.

Sie hat ihre Schönheit und Jugend dafür eingesetzt, schnell die Favoritin des Kaisers zu werden. Doch die wichtigste Aufgabe einer Konkubine ist es, für Nachwuchs zu sorgen.

Sei vorsichtig, die kaiserliche Familie ist sehr empfindlich, wenn das Geschirr auch nur ein wenig verstellt ist, da jemand Gift hineingetan haben könnte.

Vor allem was die Teile betrifft, die direkt mit dem Mund in Berührung kommen.

RÜCK

Oh, ich bin noch neu hier... Ich werde darauf achten!

Es sind jedoch bereits zu viele Prinzen vor ihrem Kind auf die Welt gekommen.

Die Konkurrenten des Kindes in ihrem Bauch werden daher entweder verstümmelt oder getötet.

Abhängig vom Gegner werden hier allerlei Methoden angewandt, die sorgfältig vorbereitet oder auch ziemlich kühn vonstatten gehen.

Obwohl ich es nur leicht berührt habe, ist mein ganzer Nagel jetzt ab...

Dann verlasse ich mich auch weiterhin auf dich.

Irgendwie ist es so gekommen, dass ich jetzt für die Handlangerin der edlen Konkubine arbeite.

Ich sollte Ihnen danken, Mamsell.

Vielen Dank, dass Sie sich um die Angelegenheit mit Nadan gekümmert haben.

Haha, der Junge wurde ja von dir empfohlen.

Ich bin nur eines ihrer Werkzeuge hier.

Ich weiß nichts über die Zielfiguren und kenne auch keinerlei Details dieser Machenschaften.

Natürlich geht mich das Ganze nichts an und ich will es auch gar nicht wissen.

Wer wird wohl all diese Blüten später wegfegen müssen?

Darüber zu grübeln würde mir nur den Schlaf rauben.

21

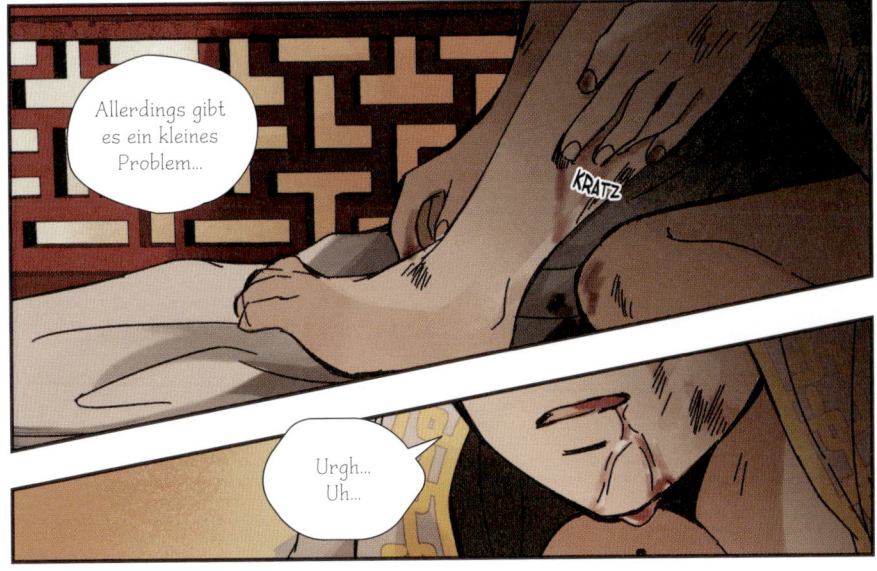

Er hat seine
ausgewachsene
Form noch
nicht erreicht.

Kapitel 2

Priester.

Ja, Eure Hoheit.

Erklärt mir das hier.

Überzeugt mich, wenn Euch Euer Leben lieb ist.

D...Drachen sind von Natur aus Seelenwesen, die keinen eigenen Körper besitzen. Sie sind sozusagen Halbgötter.

Wenn ein Drache aus dem Ei schlüpft, so tut er das als körperlose Seele.

Sobald die Seele die Umgebung dann als sicher empfindet, formt sie einen menschlichen Körper als Hülle.

Nehmen Drachen denn selbst die Form von unvollkommenen Kindern an?

Laut den Aufzeichnungen ist so ein Fall nicht bekannt.

Bisher jedenfalls...

Ein Drache kommt mit einem kräftigen jugendlichen Körper auf die Welt...

... so jung der Körper auch wirken mag, das Gehirn ist so weise wie das eines Heiligen...

Und er besitzt die Macht, die eines Gottes.

Aber...

Das habe auch ich von klein auf in den Büchern büffeln müssen.

... was soll dann dieses mangelhafte Exemplar hier sein?

Könnte es sein, dass jemand im göttlichen Schrein...

... das Schlüpfen des Drachen sabotiert hat, um mich davon abzuhalten, den Thron zu besteigen?

Vielleicht liebäugelt ja immer noch jemand mit dem Titel des Kronprinzen?

Was denkt Ihr darüber, Hochwürden?

Wenn Ihr erlaubt, ich habe von einem nicht schriftlich festgehaltenen Fall gehört...

... bei dem ein Drache in einem fernen Land ein einziges Mal in unvollkommener Form geschlüpft sein soll.

Diesem Drachen fehlte bei der Geburt ein Auge...

... aber trotzdem hat er sich weiterentwickelt und ist zur Vollkommenheit herangewachsen.

Es ist zwar nicht klar, wie es zu dieser fehlerhaften ersten Form gekommen ist, aber...

Er hat sich weiterentwickelt?

Damit ist die Entwicklungsphase gemeint, bis der Drache sich frei von seiner menschlichen in seine eigentliche Drachenform verwandeln kann.

Das scheint ein ganz normaler Prozess zu sein, so wie auch menschliche Kinder zu Erwachsenen heranreifen.

Wie lange dauert das?

Das ist schwer zu sagen.

Allerdings heißt es, dass der Drache sich weiterentwickelt, wenn er die Notwendigkeit dafür sieht.

Zum Beispiel wenn er Gefahr verspürt, etwas Bestimmtes möchte oder auch einfach nur sich selbst vervollkommnen will.

Es gibt so wenige Aufzeichnungen dazu und jeder Fall ist einzigartig, weshalb das schwer vorauszusagen ist.

Da es sich um Halbgötter handelt, sind sie sehr eigensinnig und wankelmütig.

Erst mal...

... sollte er gesäubert werden.

Und wenn Euch Euer Leben lieb ist, dann hütet Eure Zunge, was den Drachen betrifft.

Niemand außerhalb des Schreins darf davon erfahren.

Ich werde bis zur Weiterentwicklung warten.
Das Warten bin ich ja gewohnt.
STECK

Jedoch wisst Ihr bestimmt, was mit Euch geschieht...
... sollte sich dieses Ding hier nicht zu einem vollkommenen Drachen heranreifen.

Nadan!

Suu.

Wie geht es dir?

Hast du die etwa schon wieder an andere abgegeben?

Das würde ich doch nie tun.

Ich weiß echt nicht, wer sich hier um wen Sorgen macht.

In deren Augen bist du, ebenso wie auch die anderen, eh nur ein austauschbarer Sklave...

Wie auch immer. Ich wollte dich noch etwas fragen, Suu.

Bei meiner Versetzung neulich...

... hattest du doch deine Finger im Spiel, nicht wahr?

STUTZ

Was?
Ich doch nicht!
Wer behauptet
das?

LÄCHEL

Wusste
ich es
doch.

I...Ich habe
dich bloß empfohlen,
ansonsten hast
du das nur durch
deine harte Arbeit
erreicht...

Aber so
einer wie ich als
Wächter der
Prinzessin?

Das
ist ein äußerst
seltener Fall.

Du...

... steckst doch
nicht in irgendwas
Gefährlichem mit
drin, oder?

Wenn das der Fall ist, dann hör sofort damit auf.

Ich komme wirklich auch so klar.

Wir leben in unsicheren Zeiten, also tu nichts, das Misstrauen erwecken könnte.

Ich habe gehört, dass eine Dienerin hingerichtet wurde, nur weil sie einer Konkubine das Essen falsch serviert hat.

Das...

Nadan!!!

Der Hauptmann lässt dich rufen.

Du solltest langsam zur Wachablösung kommen.

Ja, ich komme gleich!

Nadan!

Ich habe gestern mal alles durchgerechnet...

Und ich glaube, ich habe nächstes Jahr im Winter das Geld so weit zusammen.

Ich habe wirklich viel angespart.

Das sollte genügen, um dir deine Freiheit zu erkaufen.

Auch wenn es natürlich sein kann, dass wir unter gewissen Umständen noch mehr zahlen müssen...

Aber überleg dir schon mal, was du als allererstes machen willst, wenn du ein freier Mann bist.

Bis dahin werde auch ich den Palast verlassen können.

Hauptsache ist erst mal, aus Rahan rauszukommen, dann sollten wir in Sicherheit...

Suu, lass uns später über die Einzelheiten reden.

Es wird langsam kühl, also geh zurück zum Harem.

Ich habe Nadan...

... kennengelernt, kurz nachdem ich nach Rahan verkauft wurde.

Suu, weine nicht.
Das ist doch ganz natürlich, weil du kein Rahaner bist.
Wenn Nadan sich damals nicht um mich gekümmert hätte...
... wäre ich jetzt vielleicht nicht mehr am Leben.
Ich bin zwar in Rahan geboren, aber wenn zu schnell gesprochen wird, verstehe auch ich noch nicht alles.
Du hast den ganzen Tag über noch nichts gegessen, oder?
Iss das hier.
Kleine Kinder sterben schnell.

Deshalb möchte ich so schnell wie möglich...

... aus Rahan fort.

Ob nun ein Drache geboren wird oder nicht...

... das
kann mir
egal sein.

Isst er immer noch nichts?

Nein... Seine Heiligkeit verweigert strikt jegliche Mahlzeit...

Selbst ein göttlicher Drache muss doch was essen, oder nicht?

Agugu!!!

STOPF

Bah!!!

STOSS

Pfft! Er scheint dich echt nicht leiden zu können, werter Prinz.

Ist das denn hier wichtig?

Was sagen die Priester?

Wir können das Ding nicht ewig im Schrein versteckt halten.

Die edle Konkubine wird das ruckzuck mitkriegen.

Es wurden allerlei Gerichte ausprobiert, aber nichts schmeckt ihm.

Da in den alten Schriften steht, dass auch ein Drache eine angemessene Ernährung braucht, sind alle nur noch ratloser.

Wie lange ist es noch bis zum Fest?

SEUFZ

Noch etwas über zehn Tage.

Da du dich ab morgen auch auf die Jagd am Festtag vorbereiten musst, solltest du dich jetzt lieber ausruhen gehen.

Ach ja, die Jagd...

Die perfekte Möglichkeit, mir einen Pfeil ins Herz zu schießen, ohne dass jemand etwas davon mitbekommt.

Absolut. Anstelle der edlen Konkubine würde ich mir diese Chance auch nicht entgehen lassen.

Was ist mit den Staatssekretären? Glaubst du, sie haben bereits Lunte gerochen?

Keineswegs. Selbst die edle Konkubine weiß noch von nichts.

Aber ist das Ding hier tatsächlich ein Drache?

Mir wird auch wirklich nichts leicht gemacht.

Ich ziehe mich zurück. Richte den Priestern noch aus...

WINK

... dass ich ab morgen jeden Tag einem von ihnen die Zunge rausschneide...

... wenn sich dieses Ding nicht weiterentwickelt und weiterhin nichts isst.

Ich werde es ihnen ausrichten.

Wie
bitte?

Ich weiß, es kommt etwas plötzlich, aber ich hoffe, dass du das noch heute Nacht erledigen kannst.

Es ist nichts Schwieriges.

Was ist es denn, das bei tiefster Nacht erledigt werden muss?

Geh zu den Ställen im östlichen Teil des Palastes.

Zu den Ställen?

Da die Jagd am Festtag näher rückt, wirst du dort mehr Pferde vorfinden als sonst.

Darunter wird auch ein Pferd sein, das von Kopf bis Fuß pechschwarz ist.

STRECK

Verabreiche ihm das hier.

Dem schwarzen Pferd also?

Genau. Du wirst es vermutlich mit einem Blick er- kennen können.

Wiederhole das Ganze bitte bis zum Festtag.

Ähm... Dürfte ich vielleicht fragen, um wessen Pferd es sich dabei handelt?

Du stellst doch sonst nie solche Fragen.

Aber wenn du es für zu gefährlich hältst, kannst du die Arbeit auch ablehnen.

Es gibt genug andere im Palast, die sich etwas dazuverdienen möchten.

>>Denk daran, auch drei, vier anderen Pferden etwas davon zu geben.

Nur für den Fall, dass jemand misstrauisch wird.<<

Was ich nicht alles für Geld tue...

Suu.

Tu nichts Gefährliches.

Ich bitte dich.

Aber,
Nadan...

... Leuten
wie uns
wird...

... es auf
dieser
Welt...

RUMPEL

... nicht leicht
gemacht.

Kapitel 3

Wer ist das?

Im Palast sieht man in diesem Alter sonst nur Prinzen.

Mal sehen...
Er trägt lange
Ärmel.

Die Stickerei ist
nicht allzu extravagant,
jedoch ist das Gewand
aus feinem Material...
Auch wenn es schon
etwas abgetragen
aussieht.

Vielleicht hat er
das Gewand von
einem älteren
Bruder an?

Seine Haare sehen
aber nicht so aus, als ob
ein Diener sie sorgsam
pflegen würde.

Das bedeutet entweder,
dass seine Mutter im
Palast nicht viel zu
sagen hat...

... oder dass er als »unzureichender« Prinz angesehen wird.

Ubu...

Verzeiht...

Vielleicht ist das der Prinz, der als Baby aufgrund eines Fiebers taub geworden ist.

... seid Ihr vielleicht der 14. Prinz?

...

KRABBEL

Meine Name ist Suu und ich arbeite im Harem...

Oh, das ist gefährlich!

Spinnen können giftig sein, da müsst Ihr vorsichtig sein.

Ihr solltet nicht im Dreck sitzen.

Wenn ihm was geschieht, wird vielleicht noch mir die Schuld zugeschoben.

SCHWUPP

Seit wann seid Ihr denn schon hier?

Und warum ist Euer Körper so unterkühlt?

SCHMIEG

Eure Hoheit...?

Schon g...
Argh!

QUETSCH

Buuu!!!

Ihr dürft mir doch nicht so den Hals zudrücken!

Wenn ich Euch deswegen fallen lasse, verletzt Ihr Euch noch.

Ist Euch vielleicht kalt?

Wie seid Ihr nur hierhergekommen?

Das ist ein ganz schön weiter Weg für Eure kurzen Beinchen.

Buu...

Ähm, Ihr seid doch ein Prinz, oder?

Wenn Ihr einverstanden seid, werde ich Euch zu Eurem Gemach zurückgeleiten.

Ihr müsstet mir nur sagen, aus welcher Richtung Ihr gekommen seid.

Ihr könnt auch einfach nur mit dem Finger in die richtige Richtung zeigen.

Euer Gefolge ist mittlerweile bestimmt schon verzweifelt auf der Suche.

TROPF

Ach herrje!!!

WISCH

Eure Nase läuft ja! Los, macht pffft in meinen Ärmel!

Urgh...

Pffft...?

ÄCHZ

?

Täusche ich mich vielleicht?

Er scheint es gewohnt zu sein, dass er betüddelt wird, er ist wohl ein recht hochrangiger Adelsspross.

Aber er reagiert auf Geräusche...

Und auch wenn er sich nicht richtig ausdrücken kann, so scheinen seine Stimmbänder zu funktionieren.

Es scheint sich also eher um eine Entwicklungsstörung statt um Taubheit zu handeln.

Vielleicht hat er aber auch vor Kurzem etwas Falsches gegessen und ist deswegen nicht ganz bei Sinnen.

Aber da hatte ich nichts mit zu tun... Oder...?

ZAPPEL

ZAPPEL

Buuu!!!

Oh, verzeiht! Ich wollte Euch nicht die Luft abdrücken!

Puah!!!

Egal wie alt, ein Prinz ist und bleibt ein Prinz.

Wir reden hier schließlich von den Metho-den der edlen Konkubine.

STRECK

PATSCH

Macht Euch das Spaß?

Hach, Kinder...

Suu.

Aber wer kommt denn überhaupt zu dieser Stunde noch hierher?

Pst...

TAPP

Uhh...

ZAPPEL

Pst! Nicht doch!

Hey, Heuhaufen.

Haah...

Er hat
sein Schwert
gezogen?!

Ich frage
mich, warum
du dich nicht zu
erkennen gibst.

SCHING

B...

Bitte
verzeiht mein
unhöfliches
Benehmen!

Ich war so
überrumpelt, dass
ich mich vor Schreck
instinktiv versteckt
habe.

Ich
werde...
Ahh!

PATSCH

Puu!

...

Uhh...

...

PLUMPS

Du...

Verzeicht! Ich war nur gerade auf einem Botengang und habe hier drinnen Geräusche gehört, deshalb...

Ich habe dich schon überall gesucht.

...

Allerdings... klingt er nicht wie eine einfache Palastwache.

Für einen Prinzen hat er aber zu dunkle Gewänder an. Er könnte ein Adeliger sein?

Vielleicht ist er der Leibwächter des kleinen Prinzen?

Du da.

Jawohl, mein Herr.

Weißt du eigentlich...

... wen du gerade in den Armen hältst?

Da er nicht wirklich spricht, konnte ich bisher nur Vermutungen anstellen...

Wegen seines Verhaltens und seines Erscheinungsbilds dachte ich, dass es sich um einen der Prinzen handeln könnte.

Es ist ihm also nicht auf-gefallen.

Ganz genau. Ich werde seine Hoheit jetzt persönlich geleiten, also gib ihn mir bitte.

GREIF

Uhhh!!!

DRÜCK

Kyaaa!!!

Aber das ist doch...!

Ihr könnt den jungen Herrn doch nicht so grob anpacken!!!

WUSCH

Wollt Ihr ihn etwa zer-quetschen?!

Was?

Ich weiß zwar nicht, aus welchem Adelshaus Ihr seid...

... aber Kinderarme sind um einiges zerbrechlicher als gedacht!

Wem wird denn bitte die Schuld zugeschoben, sollte dem Prinzen etwas zustoßen?!

Oje...!

B... Bitte vergebt meine Unverschämtheit.

SENK

In welchem Teil des Palastes arbeitest du?

Ich... erledige dies und das im Harem.

Ich bin erledigt.

Ich habe erst vor Kurzem hier angefangen und kenne mich noch nicht so ganz mit der richtigen Etikette aus.

Ich hoffe daher auf Euer Verständnis, werter Herr.

Danke, dass du dich um den Prinzen gekümmert hast.

Hast du noch weitere Ratschläge für mich?

Ich habe meine Stelle auch erst vor Kurzem angetreten und bin deswegen noch recht ungeschickt.

Wenn der kleine Prinz des Öfteren um diese Zeit allein herumwandert, so leidet er wahrscheinlich an einer Schlafstörung.

Ich rate daher, dass Ihr den Palastheiler nach ihm sehen lasst.

Auch wenn Ihr das natürlich selbst...

Ich werde es mir merken. Du solltest jetzt auch zurückkehren.

Gaaaah!!!

SCHLEIF

Haaaaaah...

Ich hätte mir
fast in die Hose
gemacht...

PUH

Ich
bin zwar fürs
Erste aus dem
Schneider...

... aber
was geht hier
überhaupt
vor?

Ich sollte der
Sache morgen früh
mal nachgehen.

Echt eine Schande, dass dein Körper zu wertvoll ist, als dass ich dich einfach in Ketten legen kann.

Wie bist du nur entwischt?

Und was ist mit den Pferden geschehen?

Hörst du mir überhaupt zu?

Wie konnte es so weit kommen?

Und was war das für ein Diener da bei dir?

Er hat so helle Haare, das sieht man sonst nur selten in Rahan.

Suu.

Suu...

Wenn du
Suu bekommst,
schwörst du dann,
dass du normal
essen wirst?

Kapitel 4

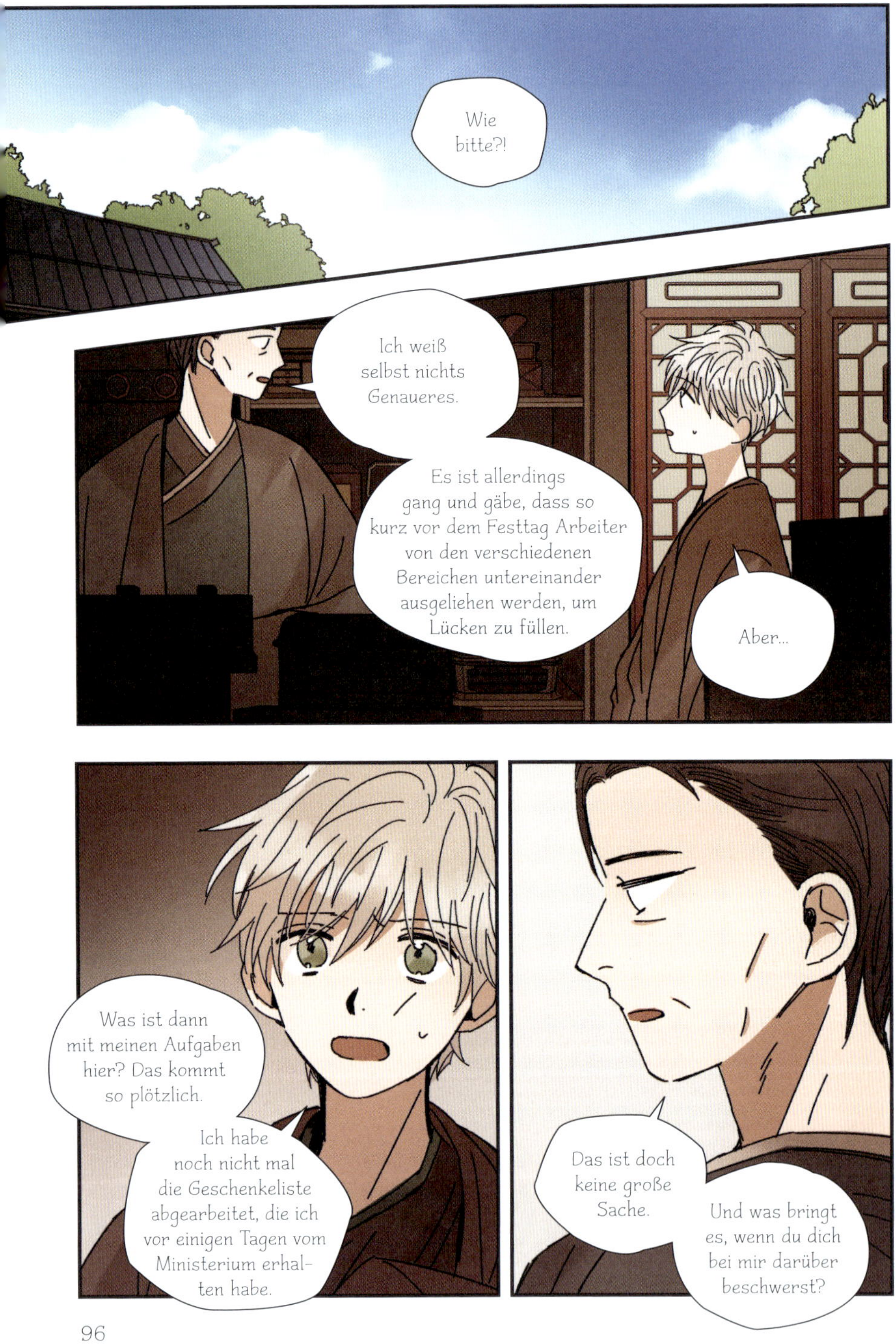

Wie bitte?!

Ich weiß selbst nichts Genaueres.

Es ist allerdings gang und gäbe, dass so kurz vor dem Festtag Arbeiter von den verschiedenen Bereichen untereinander ausgeliehen werden, um Lücken zu füllen.

Aber...

Was ist dann mit meinen Aufgaben hier? Das kommt so plötzlich.

Ich habe noch nicht mal die Geschenkeliste abgearbeitet, die ich vor einigen Tagen vom Ministerium erhalten habe.

Das ist doch keine große Sache.

Und was bringt es, wenn du dich bei mir darüber beschwerst?

Ob es dir gefällt oder nicht, du wirst erst nach dem Festtag zum Harem zurückkehren, also geh jetzt.

A...Aber du weißt doch nicht mal, von wem ich angefordert wurde!

Natürlich nicht, du bist heute immerhin schon der zwölfte Kandidat.

Zehn davon gingen an die Bankett- vorbereitung, also wirst du wohl auch dorthin geschickt.

Verzeihung.

Ich habe heute Morgen um eine Arbeitskraft von hier gebeten.

Ist er bereit?

Was stehst du da noch rum? Nun geh schon!

Mir wurde aufgetragen, ihn unverzüglich mitzubringen, da es äußerst eilt.

...

Wenn Ihr mir sagt, wo ich hinsoll, werde ich meine Aufgaben hier jemand anderem überge-ben und dann sogleich rüberkommen.

Ach, das geht leider nicht.

Mein Herr ist ein äußerst ungeduldiger Mann.

Er hat gemeint, dass ich dich notfalls auch geknebelt mitbringen soll, wenn es nicht anders geht.

TADA ♡

Was...?

SCHAUDER

Ähm, Entschuldigung...

Hallo?!

Ich kann wirklich allein laufen.

Ach, herrje, natürlich.

Ich habe dich ja vorhin noch auf deinen eigenen Füßen gehen sehen.

Genau, das Ganze ist daher also wirklich nicht nötig.

Es kommt mir so vor, als würden wir jetzt schon seit einer Stunde die Treppen hier hochlaufen...

Wo in aller Welt gehen wir nur hin?

Könnt Ihr mir nicht wenigstens die Augenbinde abnehmen?

Wir sind da.

Was?

Meine Arbeit endet hier.

Wenn du kurz hier wartest, wird dich jemand abholen kommen.

Atme ein paar Mal tief ein und aus, danach kannst du die Augenbinde abnehmen.

Und steh dabei sicher auf den Beinen, damit du nicht umfliegst.

… der Person ruhig ins Gesicht sehen.

103

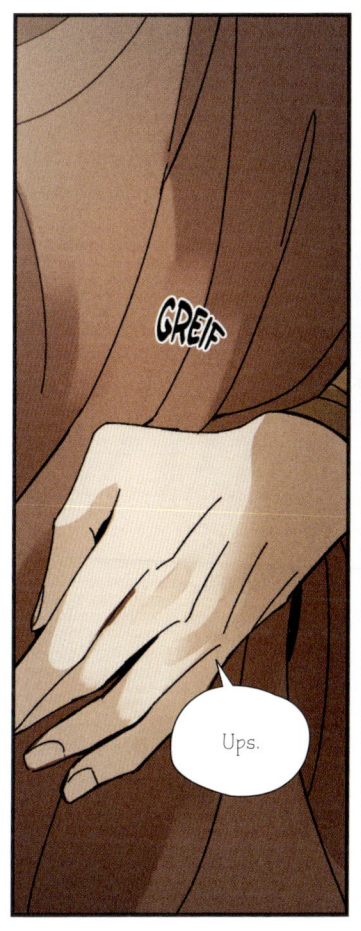

Pass lieber auf.

GREIF

Ups.

Wir sind hier ganz schön weit oben.

Ich wusste gar nicht...

Wo...

An diesen Ort kommt die kaiserliche Familie, um zu beten oder sich auszuruhen.

Außerdem...

... dass es im Palast so ein hohes Gebäude gibt.

Suu.

So einen
Ausblick...

... habe ich in meinem ganzen Leben noch nicht gesehen.

Dass hier im Palast solch ein Ort existiert...

... war mir gar nicht bewusst.

Das ist der kaiserliche Schrein für die Götter Rahans.

Da er in den Berg hinein gemeißelt ist, dient er der kaiserlichen Familie als Ort der Meditation und Erholung.

Verstehe. Aber was mache ich dann hier?

Ach, nichts Besonderes.

Du sollst dich nur um den jungen Herrn da kümmern.

Mach dir deswegen aber keinen Druck.

Du musst ihn nicht erziehen oder unterrichten.

Achte nur darauf, dass er isst und schläft.

Das ist bereits alles.

Es gibt nichts Wichtigeres bei der Weiterent- wicklung.

Wie bitte?

Aber was...

So...

Uhh...

HEPP

Waah!

Ihr dürft einen nicht einfach so anspringen.

Ich hätte meinen Tee ver-schütten und Euch damit verbrennen können.

Uhh...

Oh nein, Eure Hände sind ja ganz schmutzig geworden!

Buu...

Ihr dürft die nicht in den Mund stecken!!!

Ähm... Mein Herr?

Bitte verzeiht mein Unwissen, aber ich kenne mich mit der kaiserlichen Familie hier noch nicht so gut aus...

Würdet Ihr mir bitte den Namen des kleinen Prinzen verraten?

Ach...

Was seinen Namen angeht...

Hmm... Der Name des Prinzen...

Na, nenn ihn doch einfach, wie du willst, ja?

Was?!

Mein erster Eindruck von dem Kerl war wohl richtig.

Wie könnt Ihr nur vorschlagen, dass ein niederer Diener wie ich dem Prinzen beliebig einen Namen gibt?

Er ist extrem achtlos.

Das geht doch nicht. Ich mag zwar aus einem anderen Land sein, aber selbst ich weiß, dass das gegen jede höfische Regel geht.

Dann fragen wir eben den Prinzen selbst.

Aber er...

So...

So... So...

Nicht So, sondern Suu, Eure Hoheit.

SCHMIEG

SCHMIEG

GREIF

Suryeon aus der Familie Jin.

ZEIG

Suryeon?

Gut, das ist also Lord Jin.

Jetzt fehlt nur noch Euer Name, Eure Hoheit.

ZEIG

Hmm...

Sahara?

...

Nein... Ich...

SENK

Huch?

Also das hier ist Prinz Sahara.

Und Ihr seid Lord Suryeon Jin, richtig?

Ist das wirklich alles, was ich hier zu tun habe, mein Herr?

Dürfte ich fragen, wie viele Palastdiener sich im Schrein aufhalten?

Scheint ganz so.

Scheint so?

Keine.

Du und Prinz Sahara werdet ganz allein hier verweilen.

Manchmal werden wir auch zu dritt sein, wenn ich zu Besuch komme.

Speisen und alles andere Notwendige wird hergebracht, wenn es benötigt wird.

Ich muss noch dazusagen, dass es sich um ein Geheimnis höchster Priorität handelt...

... deswegen wirst du den Schrein die nächste Zeit über nicht verlassen dürfen.

Falls also irgendwas nach außen dringen sollte, was hier im Schrein vorgeht....

Kapitel 5

Mein Herr...

... wollt Ihr damit sagen, dass Ihr die Befugnis dazu habt, mich auf der Stelle umzubringen?

Alles innerhalb des Palastes gehört doch der kaiserlichen Familie.

Außer der kaiserlichen Familie...

... soll sich niemand an deren Besitz vergreifen dürfen, soweit ich gehört habe.

Wenn dem nicht der Fall ist, wurde Euch dann vielleicht solch eine Autorität von der kaiserlichen Familie übertragen?

Wenn es Prinz Saharas Sicherheit betrifft, ist das genau der Fall.

Ach, und noch etwas.

Ich hätte dir das schon früher geben sollen.

KLIMPER

STECK

Eine kleine Anerkennung dafür, dass du diese schwierige Aufgabe auf dich nimmst.

Die ganze Angelegenheit zahlt sich also auch für dich aus.

FUNKEL

Hast du etwas rausge-funden?

Teilweise. Allerdings wird das ein wenig mehr Zeit in Anspruch nehmen, da er aus einem fremden Land kommt.

Er gehört zum Harem und hat dort einen recht guten Ruf unter den anderen Dienern.

Als Kind wurde er als Sklave nach Rahan verkauft.

Vor ein paar Jahren konnte er sich dann freikaufen, sodass er jetzt ein freier Bürger ist.

Er hat sich selbst seine Freiheit erkauft? Wie alt ist er denn?

Er müsste um die 19, 20 sein.

Bevor er in den Palast gekommen ist, hat er in der Region Jugang für die Familie des dortigen Verwalters gearbeitet.

Auch seine Stelle hier im Palast hat er auf Empfehlung dieser Familie hin bekommen.

Er ist um einiges zäher als gedacht.

Seit wann redest du denn so positiv über jemanden? Er ist trotzdem nichts weiter als ein ehemaliger Sklave.

Es gleicht trotzdem einem Wunder, sich in einem so konservativen und engstirnigen Reich wie Rahan als Sklave aus eigener Kraft heraus freizukaufen.

Vor allem, weil er auch noch aus einem fremden Land stammt.

Das zeigt aber wiederum auch, was für ein unterwürfiges Leben er geführt hat.

Beim Anblick des Goldes vorhin hätte er mir ohne mit der Wimper zu zucken selbst seine Seele verkauft.

Ach, das ist doch selbstverständlich.

Wo soll ein einfacher Junge denn sonst so einen Haufen Gold zu Gesicht bekommen?

Jugang... Das liegt doch unter Heos Verwaltung, oder?

Sein Sohn soll ein ganz schöner Halunke sein.

Solche findet man doch überall.

Ich habe vor einiger Zeit mal gehört, dass jemand aus Jugang hier im Palast eine Stelle erlangt hat.

Er muss...

Hehe!

Dir scheint es wohl nicht in den Kram zu passen, dass er deinen Namen rausbekommen hat, so wie du hier über ihn sprichst.

Aber du solltest deinen Ärger nicht an so jemandem auslassen, das schadet deiner Würde.

KICHER

Sei still! Ich war einfach nur total überrascht, weil plötzlich mein Jugendname genannt wurde!!!

Woher kennt das Ding über- haupt meinen Namen?

Ein Drache ist eben ein heiliges Wesen. Es sollte nicht sonderlich schwierig für ihn sein, einen Namen rauszufinden.

Aber es ist Jahre her, dass ich das letzte Mal den Namen Suryeon gehört habe!

Was sollen wir tun, wenn der Diener durch den Namen deine wahre Identität rausfindet?

Musst du mich das wirklich noch fragen?

Das geht so nicht! Ihr müsst zumindest einen Bissen davon essen!

Uhh!!!

Will nicht!!!

Wenn das Essen kalt wird, schmeckt es erst recht nicht!

Und Ihr habt schon den ganzen Tag über nichts gegessen!

Ihr könnt hier noch so ein Theater machen, es wird gegessen!

Ihr dürft auf keinen Fall vom Tisch aufstehen, bis Ihr nicht zumindest einen Bissen gegessen habt!

So! Und jetzt macht Ah!

Puhh!!!

KNEIF

Hier ist niemand, der Euch zu Hilfe kommt, Eure Hoheit!

GROLL

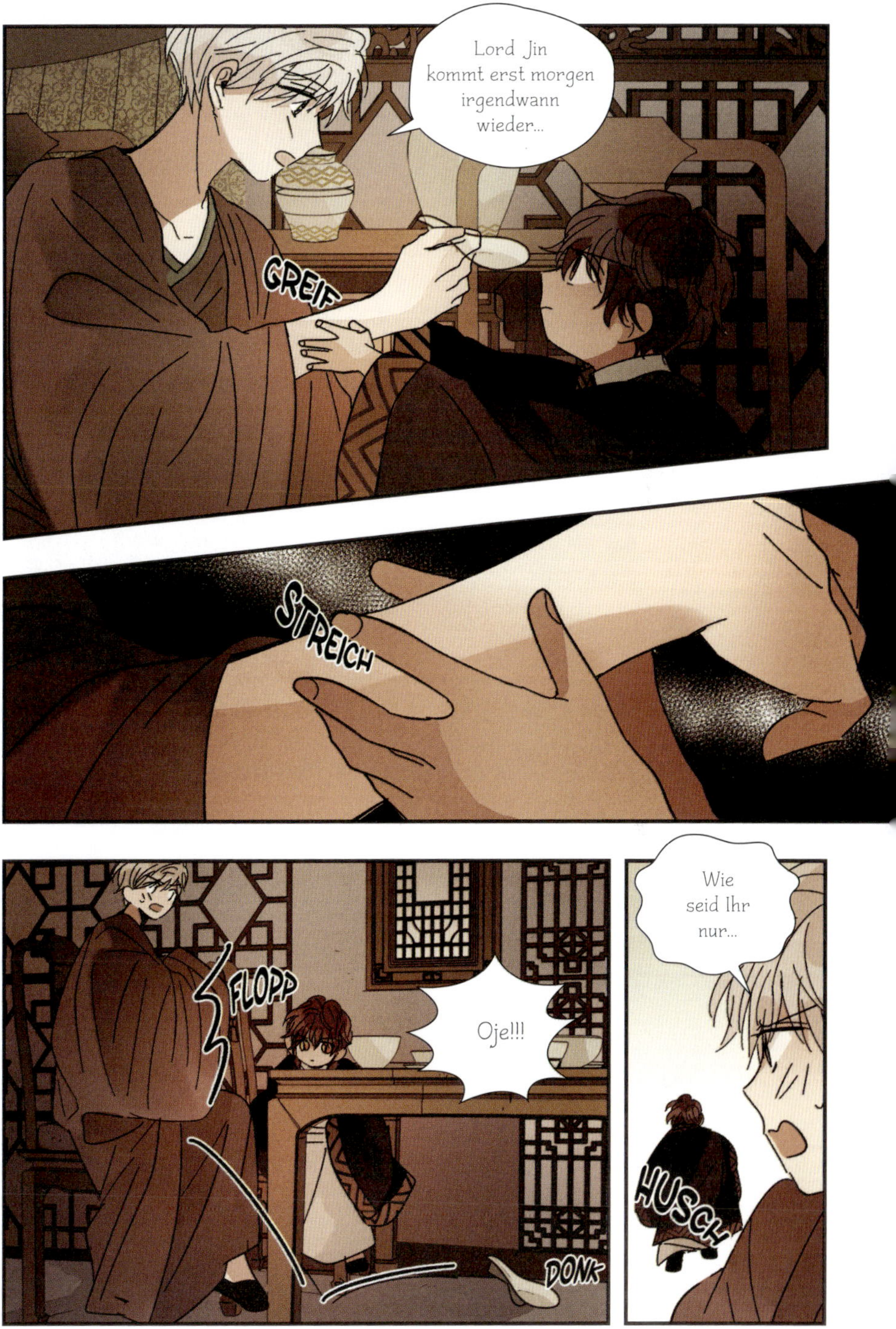

Prinz Sahara!

Wenn Ihr einfach so davonrennt...

Oh...?

Mir ist plötzlich...

PLUMPS

GREIF

... so schwindelig.

Oh Mann, sehe ich jetzt schon Gespenster?

Wohin starrt Ihr denn so gebannt, Eure Hoheit?

Nach oben...

Ahh, in den Himmel...

Es ist ganz schön bewölkt heute.

Es wäre schön, wenn es regnet, da der Festtag so kurz bevorsteht.

Mhh...

...

WÄLZ

Es
ist so
hell...

Hell?

RUCK

Du meine Güte, habe ich etwa bis jetzt geschlafen?!

FLATTER

Ich muss von allen guten Geistern verlassen sein!

Aber warum habe ich eigentlich hier geschlaf...

FLATTER

FLATTER
STRAMPEL
FLATTER
FLAPP

PIEEP

Oh... Eure
Hoheit, habt Ihr gut
geschlafen?

Habe ich
ihn gestern ins
Bett gebracht und
bin dann daneben
eingeschlafen?

Ist
das... eine
Taube?

FLATTER

Habt Ihr
die eingefangen?
Wow, das ist echt
beeindruckend!

Aber
wilde Vögel
sind ganz schön
schmutzig.

141

Mein Vater hat immer gesagt...

... dass man fremde Sitten stets respektieren soll...

... so barbarisch sie auch sein mögen.

Daher zeige ich vollen Respekt für fremdländische Essgewohnheiten.

Wenn du also diese widerliche rohe Taube essen willst...

... dann nur zu...

Das war gar nicht ich!!!

Und Ihr seid gerade ziemlich rassistisch!

143

Ich habe sie nur auf den Teller gelegt, weil überall Blut hingespritzt ist!!!

Ich habe versucht, sie zu verstecken, aber seine Hoheit findet sie immer wieder, als hätte er einen sechsten Sinn dafür. Dann isst er... ich meine, dann steckt er sie sich wieder in den Mund!

Oh, ein Glück. Ich war mir nicht sicher, ob ich wirklich die Toleranz hierfür aufbringen könnte.

Mein Herr... Ich habe das Gefühl, als würdet Ihr mir hier etwas Wesentliches verschweigen.

Ich meine, Prinz Sahara wird doch bestimmt nicht nur zur »Erholung« in einer Ecke des Schreins eingepfercht und strikt von der Außenwelt abgeschottet, oder?

Prinz Sahara ist von einem Katzengeist besessen, habe ich recht?!

144

Ich habe gehört, dass manche Flüche in Rahan die Seelen von wilden Tieren benutzen!

Wenn das der Fall ist, solltet Ihr doch lieber einen Magier zu Hilfe rufen statt mich.

Ich hätte nicht gedacht, dass du an solche Dinge glaubst, Suu.

Tu ich auch nicht! Allerdings habe ich bei meiner Arbeit im Harem schon alles Mögliche gesehen!

Ah, du sagst also, dass solche Dinge durchaus möglich sind?

Es soll ja auch Drachen geben, dann kann es doch auch Hunde und Katzen in Menschenform geben!

Hahaha... Als ob das der wahre Grund hierfür sein würde.

Da es sich um die kaiserliche Familie handelt, kann ich dir nichts Genaues dazu sagen.

Doch als Drachen noch häufiger aufzufinden waren, hat die kaiserliche Familie in Rahan immer wieder innerhalb der Verwandtschaft geheiratet, um die wertvolle Blutlinie aufrechtzuerhalten.

Natürlich sind durch diese Heiraten viele ungesunde Kaiserkinder auf die Welt gekommen.

Diese Tradition wurde erst abgeschafft, als reinblütige Kaiserkinder rar...

... und Drachen schon ewig nicht mehr gesichtet wurden.

Diese interfamilären Ehen...

... hinterlassen allerdings immer noch Spuren in den aktuellen Nachkommen, wodurch manche ungewöhnliche Charakterzüge haben.

Prinz Sahara ist also auch...

Ganz genau. Solche Familienmitglieder verbringen ein ruhiges Leben im Schrein, wo sie nicht auffallen und man sich gut um sie kümmern kann.

...

Ich übernehme das hier ab jetzt.

Gib mir!!!

GREIF

Das ist... wirklich nett von Euch, danke.

Bitte schmeißt sie ganz weit weg, damit er sie nicht mehr finden kann.

Seine Hoheit mag zwar noch jung sein, ist aber außerordentlich sturköpfig...

Gut, überlass das ganz mir.

Guu...

Autsch!

BEISS

Es bringt nichts,
wenn Ihr mich
beißt, Eure
Hoheit.

...

Und Ihr
werdet noch krank,
wenn Ihr immer
alles in den Mund
nehmt.

Vielleicht
habt Ihr ja deshalb
keinen Appetit bei den
Mahlzeiten, weil Ihr alles
Mögliche aufhebt
und esst?

Buu...

Ich
werde Euch
ab jetzt genau
im Auge...

149

Huch...?

VERSCHWIMM

Mir wird
plötzlich schon
wieder...

... ganz
schwindelig.

PLUMPS

Verstehe...

Deshalb steht wohl kaum etwas über die Nahrung von Drachen geschrieben.

Deren Ernährung scheint ja alles andere als göttlich zu sein.

STUPPS

Und beinhaltet wohl auch lebendige Menschen?

Kapitel 6

Suu, wir sollten uns beeilen.
Wenn wir nicht vor Sonnenuntergang zurück sind, könnten wir auf Plünderer stoßen.
Der Fluss ist ganz ausgetrocknet.
Das Dorf, das hier früher mal stand, wurde von den Priestern verlassen, als eine Epidemie ausgebrochen ist.
Da niemand mehr die Rituale zum Regenmachen praktizieren konnte, gab es seither keinen Regen.
Und wo es keinen Regen gibt, können auch keine Menschen leben...

Die Priester sind doch die mit den Heilkräften, wie können sie als erstes davonrennen? Was ist mit den Kranken, die zurückbleiben?

Nur Hohepriester, die der kaiserlichen Familie nahestehen, können solch eine hohe Magie wie die Heilkraft einsetzen.

Solche Priester kommen gar nicht erst in abgelegene Dörfer wie dieses...

Echt erbärmlich.

Nadan...

Ich denke, ich sollte wirklich zur Kaiserstadt gehen.

Selbst als Sklave im Palast lebt man besser als ein Adeliger in der Provinz.

Auch wenn ich es nicht bis zur Kaiserstadt schaffe, garantiert trotzdem noch jede Stadt im Radius von 15 Kilometern davon ein besseres Leben als hier.

Erst mal gehe ich nach Jugang, das ist die von hier aus nächste Region an der Kaiserstadt.

Unser Herr kennt den Regionsverwalter von Jugang, daher wird meine Chance bestimmt noch kommen, wenn ich nur darauf warte.

Warum...

Hast du...

Hm, und ich dachte schon, er sei aufgewacht.

Er scheint zu träumen.

Suu...

Suu...

Ts.

STRECK

Weck ihn nicht auf. Du hast so viel seiner Lebensenergie ausgesaugt, dass er jetzt viel Ruhe braucht.

Stammen auch diese Giftmale an seinem Arm von dir?

Du kannst mit ihm umgehen, wie du willst, aber bring ihn nicht um. Ich kann dir nicht noch mal genau das gleiche Exemplar besorgen.

Aber Suu hat sich falsch verhalten...

Meine Mutter... hat gesagt...

... dass ich nicht einfach dabei zusehen muss, wenn sich jemand falsch verhält...

Seine Mutter?

Meint er damit die Gottheit?

Oder Rahan selbst?

Nimmst du als Nahrung die Lebensenergie von Lebewesen auf?

Dann warst wohl auch du es, der hinter dem Verschwinden der Pferde in jener Nacht steckt.

Nun, da du jetzt endlich den Mund aufbekommst, beantworte mir doch mal ein paar Fragen.

Bevorzugst du irgendeine Gattung?

Unsere Ressourcen sind etwas begrenzt, was Menschen betrifft.

Und wieso hast du die Taube direkt gefressen, bei Suu aber nur die Lebensenergie ausgesaugt?

Hilft diese Nahrungsaufnahme deiner Weiterentwicklung?

Brgh...

...

Bist du wirklich in der Lage dazu, Regen nach Rahan zu bringen?

Regen...

Es wird
kein Regen
fallen.

Kein
einziger
Tropfen...

... soll
Rahan genehmigt
werden.

Suu?

Er ist danach nicht mehr zurück- gekehrt?

Hmm...

Warten wir fürs Erste noch etwas ab.

Die Pferde aus dem Stall schienen am nächsten Tag auch alle woandershin gebracht worden zu sein.

Vielleicht hat er Euch hintergangen? Er war immerhin von Anfang an nur auf das Geld aus und hat Euch gegenüber keinerlei Loyalität.

Hahaha!

Aran, ich meine Mamsell Ju, du scheinst dein Auge für Menschen verloren zu haben.

Suu ist nicht nur auf Reichtümer aus.

Siehst du denn nicht, wie voller Liebe er ist?

Oh?

Bist du wach?

Wer...
ich meine, mein
Herr.

Was
macht Ihr
hier?

Kommst du
langsam wieder
zu dir?

Ja, so
irgendwie...
dank Euch...

Du schienst
von Albträumen
geplagt zu sein,
daher habe ich
dich geweckt.

Albträume?
Ich glaube
nicht...

Aber...

Oh Gott, bin
ich etwa schon
wieder einge-
schlafen?!

WUSCH

Erinnerst
du dich denn
nicht?

Prinz Sahara hat dich umgeworfen, um an den Teller zu kommen.

AUTSCH

RUMS

Beim Fall hast du dir dann den Kopf an der Tischkante gestoßen und bist sofort ohnmächtig geworden.

Ach, wirklich?!

Ja, das war ein ganz schöner Rums, aber zum Glück scheinst du nicht allzu schwer verletzt zu sein.

Aber sag mal, wer ist eigentlich Nadan?

Den Namen hast du im Schlaf dauernd vor dich hingemurmelt.

I...Ich?! Das kann nicht sein!!!

ERRÖT

Doch, doch. Du hast sogar ganz verzweifelt nach ihm gerufen.

Dein Liebhaber?

Hahaha, von so was kann ich nur träumen.

Nadan ist der Name eines Reiskuchenladens in meiner Heimat. Ich habe in letzter Zeit öfters Gelüste danach gehabt... Das ist mir echt peinlich.

Das ist genau die Jahreszeit für Reiskuchen...

Huch?

Habe ich mich auch am Arm verletzt?

Ach ja, das wollte ich dich auch noch fragen.

An deinem rechten Arm haben sich Spuren von einer Vergiftung gefunden.

Hast du in letzter Zeit vielleicht irgendwas Giftiges berührt oder gegessen?

Ganz
und gar
nicht.

Oh... Aber
ich habe vor Kurzem
hausgemachten Wein,
der als Geschenk für den
Festtag an die Konkubinen
geschickt wurde,
getragen.

Dann muss
es das wohl
gewesen sein.

Ich habe die
Wunde fürs Erste
verarztet. Den Verband
solltest du die nächs-
ten Tage nicht
abnehmen.

Oh!

Ihr habt
mich selbst
verarztet?

Aber Ihr seid kein Priester, also seid Ihr vielleicht ein Heiler?

Ich habe mich nur aus Interesse etwas mit Medizin befasst.

Ja, aber bis wir nicht den genauen Grund...

Ver‒ zeiht, mein Herr...

Ach so...

Brauchst du denn einen Heiler?

I...Ich nicht, aber ein Bekannter von mir ist verletzt... Es ist allerdings nichts Ernstes.

Der Festtag steht vor der Tür und der ganze Palast ist im Trubel, da sind auch die Heiler noch beschäftig- ter als sonst.

Es ist nur nicht so einfach, im Palast zu einem Heiler zu gehen.

Ja, ich weiß...

Soll ich ihn mir mal ansehen?

Leichte Verletzungen bekomme ich gerade noch hin.

Hahaha, das ist nichts, womit Ihr Euch persönlich befassen müsst.

Er hat mir nur auch schon geholfen, weshalb mir das nicht aus dem Kopf gehen will.

Ein Glück.

Er ist echt immer auf der Hut.

Oh, aber wo ist eigentlich Seine Hoheit?

Prinz Sahara...

... speist im Moment in einem anderen Raum.

KNARZ

Das ist der Letzte.

Hiermit sind alle Sträflinge aus dem Palastkerker aufgebraucht.

Gibt es denn keine jüngeren Leute im Alter des Dieners?

Das hier ist der jüngste der Männer.

Wenn du Jüngere willst, dann schick deine Handlanger oder so los.

TRET

Da kann man nichts machen. Aber Hwaryun wird das schon verstehen.

Sieht Hwaryun für dich etwa wie jemand aus, der das verstehen würde?

Wenn wir uns einfach ehrlich entschuldigen und sagen, dass wir es nicht schaffen, dann wird er uns schon verzeihen.

Dass ich nicht lache.

Aber was ist eigentlich mit diesem Burschen hier los? Wir servieren ihm ein wahres Festmahl und er zuckt nicht mal mit der Wimper.

Ich weiß gar nicht, ob das Bürschchen überhaupt ein Drache ist.

Das wird doch hoffentlich keine Falle der edlen Konkubine sein, oder?

GÄHN

Das ist gar nicht möglich. Die edle Konkubine würde es nicht wagen, den Schrein zu betreten.

Die Zeiten haben sich geändert, also wer weiß? Aber ist auch egal.

So, Eure Heiligkeit? Habt Ihr vielleicht eine Lieblingsspeise oder so was?

Euch schmeckt doch hoffentlich nicht nur unser Suu, oder?

Er soll eine Taube gegessen haben.

175

Hwaryun meint, dass er die Taube nicht gegessen, sondern nur zu Tode gebissen hat.

Wenn er wirklich nur auf Suu Appetit hat, wäre das ein Albtraum. Wenn er tot ist, haben wir ein Problem.

Hwaryun wird ihn auf keinen Fall sterben lassen.

Die Wiederbelebung ist schließlich sein Spezialgebiet.

Auch wenn es dabei tödliche Nebenwirkungen gibt.

Hast du
sonst noch Erinne-
rungslücken...

... außer von
direkt vor dem
Vorfall?

Erinne-
rungslücken?
Hmm...

Ich weiß nicht,
aber es scheinen
alle Erinnerungen
da zu sein...

Nun
gut.

Dann
belassen wir
es dabei.

Kapitel 7

Mein Alltag im Schrein ist überraschend simpel.

GÄHN

Dann gehe ich zum Gemach des Prinzen...

... und wecke ihn, falls er noch schläft.

Eure Hoheit.

STREIF

Ich stehe mit der Sonne auf, bin aber nicht in Eile.

Der Prinz ist auch irgendwie putzig.

Oh, seid Ihr wach?

Es ist zwar problematisch, dass er nicht viel isst...

... aber wenigstens tut er in letzter Zeit so, das sollte also ein Fortschritt sein.

Suu.

Suu!

Ich bin auch froh, dass er so gut mit mir klarkommt.

Das macht meine Arbeit um einiges komfortabler.

Suu! Was ist das?

Was machen die alle da?

Wo? Mal sehen...

Als ob er sich zuvor mit Absicht zurückgehalten hätte, etwas zu sagen...

... sprudeln jetzt allerlei kindliche Fragen aus ihm heraus.

Ach, die hängen Laternen auf.

Bald ist nämlich der Festtag. Der ganze Palast wird daher geschmückt.

Suu!

Ja, Eure Hoheit?

Was ist eine Laterne?

Und was ist ein Fest?

...

Ähm, also... Laternen sind wie kleine Täschchen, in denen Kerzen stecken.

Und wenn man diese Täschchen aufhängt, wird es auch in der Nacht ganz hell.

Wieso machen die das?

... wird das Volk wohl noch mehr Laternen als sonst in den Himmel aufsteigen lassen. Sie wollen dafür beten, dass der Kaiser wieder gesund wird.

Das wird ein spektakulärer Anblick.

Hast du schon mal einen Festtag in der Kaiserstadt miterlebt?

Nein, ich bin noch nicht so lange hier.

Daher ist das mein erster Festtag.

Du wirst hier oben einiges zu sehen bekommen.

Lord Jin.

Ich habe das selbst schon von hier oben mitangesehen.

Er lässt mich also selbst am Festtag nicht raus.

Ehrlich gesagt ist die Arbeit hier gar nicht so schlecht, außer dass sie eben recht zwielichtig ist.

Ich habe schon seit Jahren... Oder nein, ich habe noch nie so komfortabel gelebt.

Erstens ist der Prinz, die wichtigste Person hier, gar nicht so übel.

Und ich muss auch nicht auf die Blicke von Vorgesetzten achten.

Die Mahlzeiten, die täglich vor der Tür abgestellt werden, sind köstlich.

Und auch die Wäsche wird stets abgeholt, wenn ich sie vor die Tür lege.

FEG

FEG

Wenn ich irgendwas brauche, dann kann ich das Lord Jin sagen, der täglich kurz vorbeischaut. Er bringt mir das dann mit.

Es ist also ein sehr beschauliches und friedliches Leben hier.

Aber genau das macht mich so nervös!!!

Es sind erst wenige Tage vergangen...

Ob es Nadan wohl gut geht?

Was aber am meisten an mir nagt, ist...

... dass ich Mamsell Jus Auftrag nicht zu Ende ausführen konnte.

Da ich am Morgen direkt weggeschleift wurde, konnte ich ihr auch keinen Bericht erstatten.

Sie könnte sogar denken, dass ich mich von ihr abgewandt oder sie hintergangen habe...

Sollte ich Ihr meine Entlohnung zurückgeben?

Nein, erst mal sollte ich ihr Bericht erstatten...

Hach... Also echt...

KYAAA

TAUMEL TAUMEL

Hier ist, worum du gebeten hast.

Ich danke Euch. Aber ich hatte mit nur ein, zwei Büchern gerechnet...

Ach, davon kann ich dir ruhig noch mehr bringen.

Seine Hoheit möchte in letzter Zeit einfach nicht einschlafen.

Daher dachte ich mir, dass es gut wäre, ihm vor dem Schlafen eine Geschichte zu erzählen. Aber mir wollte einfach keine einfallen...

Ach, du willst ihm also vor dem Schlafen vorlesen?

Ja, ich werde mir tagsüber erst mal die Geschichten durchlesen.

Manche Wörter muss ich vielleicht austauschen, damit er es besser versteht.

Ich weiß, dass es mir kaum zusteht, das zu sagen...

... aber der Prinz ist wirklich schockierend ungebildet!!!

BRUTAL EHRLICH

Pfft...

Das ist doch nichts zum Lachen!

Wenn Ihr des Prinzen Gefolge seid, dann solltet Ihr die Sache wirklich ernst nehmen!

Oh... Ja, red nur weiter.

KICHER

Der Prinz ist alles andere als dumm!

Am Anfang dachte ich noch, dass er überhaupt nicht sprechen könnte, aber das ist nicht der Fall.

Wenn man ihm schwierige Wörter erklärt, versteht er sie auch direkt.

Er scheint also ein gutes Sprachverständnis zu haben.

Ich denke, dass er bereits früh das Sprechen gelernt hat...

... aber niemanden hatte, mit dem er sich unterhalten konnte, weshalb seine Sprache noch etwas wackelig ist.

Es könnte allerdings auch sein...

... dass der Prinz aufgrund eines Traumas unter einer Sprachstörung leidet!

Wenn das der Fall ist, müssen wir als erstes die Ursache dafür rausfinden!

Sein gesundheitlicher Zustand ist ein streng gehütetes Geheimnis.

Außerdem weiß ich selbst leider relativ wenig über seine Vergangenheit...

... da ich nur ein einfacher Wächter bin, der ihm erst seit Kurzem dient.

Nur ein einfacher Wächter?

Auf eine schlichte Bitte hin, hat er mir gleich mehrere Bücher aus dem Palast besorgt.

Das schafft kein einfacher Wächter.

Suu!

Ich will das da!

Lies das hier, das hier.

Hm, das hier... sind Volkssagen aus anderen Ländern.

Lies das, bitte!

Ähm...

Würdet Ihr vielleicht dem Prinzen persönlich vorlesen, mein Herr?

Ehrlich gesagt bin ich noch nicht besonders gut im Lesen von langen Sätzen.

Die junge Frau schluchzte unter Tränen auf: »Bitte hackt mir doch die Füße ab, damit ich diesen grässlichen Tanz nicht mehr tanzen muss!«

Der Henker schwang die Axt und hackte ihr die Füße samt roter Schuhe ab, die durch das verrückte Tanzen blutgetränkt waren.

Ihre Füße tanzten munter weiter davon, in den Wald hinein und immer weiter, bis sie nicht mehr zu sehen waren.

Der Henker hat der jungen Frau dann neue Füße und Krücken aus Holz geschnitzt.

Die junge Frau hat danach für ihre Sünden gebüßt...

... indem sie zur Priesterin wurde und ihr restliches Leben glücklich anderen widmete.

Ende.

KLAPP

Das hat eine ziemlich nette Moral zum Schluss, nicht wahr?

ERNST

Suu...

Werden einem die Füße abgehackt, wenn man rote Schuhe trägt?

Nein. Aber was mich eher interessieren würde, ist...

... bis wohin die Füße wohl allein gelaufen sind?

Das Meer dürften sie nicht über- quert haben können.

PLATSCH

Und sind die Füße auch älter geworden, als die junge Frau älter geworden ist?

Aber wenn man diese allein umherwandernden Füße einfängt...

... und auf dem Schwarzmarkt oder an einen Zirkus verkauft, würde man bestimmt einen Haufen Gold dafür bekommen.

Die Füße müssten ja nicht mal monatlich bezahlt werden, also ein wirklich lukratives Geschäft.

Das ist unbezahlte Arbeitskraft...

Wieso...

... sind die Helden in solchen Geschichten immer Waisenkinder?

In Geschichten mit Prinzen und Prinzessinnen gibt es doch immer ein glückliches Ende...

... selbst wenn sie eine Sünde begehen. Sie bekommen dann die Chance, sich zu bewähren, oder ihnen wird vergeben.

Und ihnen werden auch gewiss nicht die Füße abgehackt.

Sie heiraten und bekommen Kinder...

Auch wenn sie in den Geschichten sterben sollten, dann geschieht das auf elegante Weise durch Gift oder Selbstmord.

Hmm...

Vielleicht musste die junge Frau eine Waise sein, damit niemand einen Aufstand macht, wenn man ihr die Füße abhackt?

Hier im Palast interessiert es auch keinen, ob ein, zwei niedrige Diener oder Sklaven sterben.

Viele der Geschichten sind letztendlich dafür gedacht, die untere Schicht einfacher im Zaum zu halten.

Es gibt auch viele ähnliche Geschichten in Rahan, und das nicht nur über das Tabu von roten Schuhen.

Verstehe...

Aber mal was anderes, das Fest steht ja bald an. Brauchst du noch irgendwas?

Solange ich es innerhalb des Palastes auftreiben kann, bringe ich es das nächste Mal...

Ich benötige nichts weiter.

Hast du noch irgendwelche Schmerzen?

Nein, nichts dergleichen.

Noch irgendwelche Anweisungen an die Dienerschaft?

Ihr seid zu freundlich...

... zu einem niederen Diener, dessen Tod niemanden interessieren würde.

Suu...

... vielleicht liegt es daran, dass du aus einem anderen Land stammst...

... aber du unterscheidest dich von den anderen Dienern.

In Rahan mögen rote Schuhe zwar kein Problem sein, eine »zu lose Zunge« hingegen kann dich in Teufels Küche bringen.

Ich hoffe, du nimmst dir diesen Rat zu Herzen.

Suu!!!

Wirst du dir auch die Füße abhacken?

Äh... nein?

Magst du es, Füße abzuhacken?

Ganz sicher nicht!

War das keine...

... gute Geschichte?

Hahaha, doch, doch! Die Geschichte war gut. Ihr habt sie ja persönlich ausgewählt.

Wirklich???

Ich dachte nur, dass es doch nett wäre, wenn Ihr eine Geschichte zu hören bekämt, in der es um einen Prinzen wie Euch selbst geht. Solche Helden scheinen ja alles zu schaffen.

Nur weil königliches Blut in einem fließt...

... ist man nicht allmächtig.

Denke nur an Seine Majestät, den Kaiser. Seit einem halben Jahr ist er nun schon ans Bett gefesselt.

201

Die Sonne geht ja schon unter.

Ich war länger hier als beabsichtigt...

Lord Jin!

Ich hatte dir doch gesagt, dass du nicht bis hierher rauskommen darfst, oder nicht?

Die Tür nach draußen am Ende der Treppe ist doch eh für mich versperrt.

Aber das ist jetzt auch egal.

Ich habe vorhin ein unmögliches Benehmen an den Tag gelegt.

Bitte vergebt mir, dass ich mich nicht gemäß meines Standes verhalten habe.

Ich führe hier so ein komfortables Leben, dass ich mich selbst vergessen zu haben scheine...

D... Das mag zwar nach einer Ausrede klingen, aber ich bin normalerweise wirklich nicht so.

Ich befürchte, dass ich mich so an die Großzügigkeit Seiner Hoheit... und auch an die Eure gewöhnt habe, dass ich meine Stellung ganz vergessen habe.

Also...

Gibt es wirklich nichts, das du benötigst?

ZÖGER

Dürfte ich...

Dürfte ich vielleicht nur einen einzigen Tag lang den Schrein verlassen?

Es gibt da etwas, das ich vor meiner Ankunft hier nicht richtig erledigen konnte, das will mir nicht aus dem Kopf gehen.

Ein halber Tag... Oder nein, zwei, drei Stunden würden schon genügen.

Oder wenigstens eine Stunde...

Sag mir einfach, wann du zu gehen gedenkst.

Oh, ja! Vielen Dank, mein Herr!

Ich werde es mir überlegen und Euch mit- teilen!

Irgendwie sieht er ver-
stimmt aus.

Er ist
wirklich
schwer zu
lesen...

Suu!!!

Komme schon,
komme schon!

Kapitel 8

Er tut mir schon irgendwie leid, dass er solche Verlustängste um mich hat.

Aber wenn ich mir diese Chance entgehen lasse, stecke ich noch bis nach dem Festtag hier fest...

SCHLUMMER

Ich muss mich erst mal um mich selbst kümmern.

SCHLEICH

Puh, ich bin geradeso entwischt.

Du kommst um einiges später als vereinbart.

Mein Herr!

Bitte verzeiht, Prinz Sahara wollte mich einfach nicht gehen lassen...

Wir haben keine Zeit für Ausreden.

Du musst auf jeden Fall innerhalb von zwei Stunden zurück sein.

Da die Zeit drängt, beeilen wir uns lieber.

Urgh, schon wieder diese Masche...

KNARZ

BIND

Wie du gewünscht hast, gehen wir in Richtung Nordtor.

Pass auf, dass du mich nicht loslässt, und folge mir.

Jawohl...

KLAMMER

Er läuft den Weg so problemlos entlang.

Ist er mit den Gängen im Schrein vertraut?

Pass auf, wo du hintrittst.

Es gibt viele lose Steine auf diesem alten Boden, daher fällt man leicht hin.

STOSS

Autsch!!!

TAUMEL

Was habe ich gerade gesagt?

SCHMIEG

Oh....

Ich werde
dich das nächste
Mal früher
vorwarnen.

Suu?

Mein Herr...

KLAMMER

Suu, hast du verstanden?

Jaja. Das beste Duftwerk besitzt einen feinen Geruch, der selbst lange Zeit später noch weiterbesteht.

Und die von niedrigerer Qualität sollen an die niederen Konkubinen verteilt werden.

Und noch eins, je natürlicher ein Duft nach Gras, Früchten, Blumen oder Wasser riecht, desto teurer ist er...

Das riecht verboten teuer!!!

SCHNÜFFEL
SCHNÜFFEL
SCHNÜFFEL

Suu?

SCHNÜFFEL

SCHNÜFFEL

Das nervt, also trittst du bitte mal einen Schritt zurück?

Wir sind fast da, also beeilen wir uns.

Im Harem habe ich so manche Düfte vernommen...

... aber solch ein lieblicher Grasgeruch?

Es scheint auch ein Hauch von Bitterkeit dabei zu sein...

Was könnte das sein?

KLACK

Wir sind da.

Das ist der Weg, der zum Nordtor führt. Bis zum Harem ist es...

Oh, ja, ich danke Euch, mein Herr.

Von hier aus finde ich den Weg allein.

Also dann... bis gleich.

Ähm... Ich werde Euch auch nicht lange warten lassen!

TAPP

TAPP
TAPP
TAPP

STAPF
STAPF STAPF

TAPP
TAPP

STAPF
STAPF

Ähm... Mein Herr?

Was ist? Solltest du dich nicht beeilen?

Wieso folgt Ihr mir dann?

Ihr...

... wollt mich doch nicht etwa begleiten, oder?!

Das habe ich vor.

Gibt es da ein Problem?

Ich wollte das zwar eigentlich nicht sagen, aber dein kleiner Ausflug hier hat mich einige Mühen gekostet.

Natürlich habe ich bezeugt, dass du niemand bist, der Geheimnisse der kaiserlichen Familie herumposaunen würde...

... aber die meisten im Palast schenken Sklaven nicht allzu großen Glauben.

Ah, du bist natürlich kein Sklave. Allerdings gibt es in deren Augen keinen Unterschied darin, ob man nun Sklave oder ein freier Diener ist.

Die haben vorgeschlagen, deine Zunge rauszuschneiden, wenn du unbedingt den Schrein verlassen möchtest.

Deshalb habe ich stattdessen zugesagt, dich zu begleiten.

Das sollte ja kein großes Problem sein, oder?

SCHIEB

Bitte...

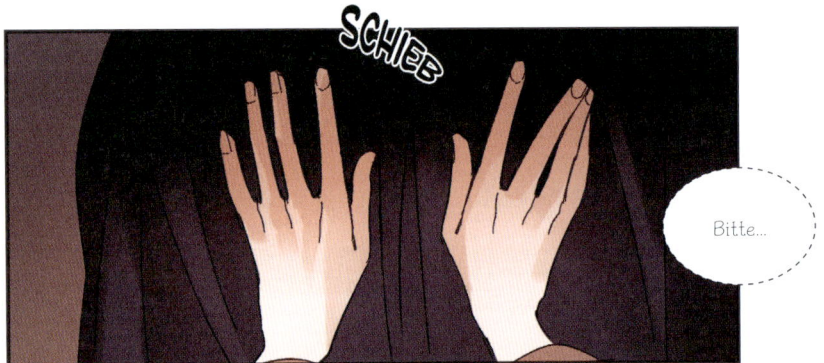

Ich bitte Euch, mein Herr.

Bitte wartet doch hier kurz auf mich.

Dann bringt es aber relativ wenig, dass ich dich begleite.

Ich habe extra einen Kompromiss für dich rausgeschlagen, aber du bist so unkooperativ.

Ich frage ja schon gar nicht, weshalb du dich zu den Gemächern der Prinzessin begibst, obwohl du doch angeblich zum Harem wolltest.

Urgh, also echt... Das tut mir ja auch wirklich leid.

Aber wenn ich mich tatsächlich mit einem Liebhaber treffen würde, ganz wie Ihr sagtet, solltet Ihr dann nicht erst recht einen Schritt zurückbleiben?

Ach, gibst du jetzt etwa zu, dass du deinen Liebhaber treffen willst?

Das denkt Ihr doch eh die ganze Zeit schon!

GRRR

Es wird auch nicht lange dauern. Ihr könnt ruhig von hier aus dabei zusehen.

Und falls Euch etwas verdächtig vorkommen sollte, könnt Ihr mich nach dem Gespräch gern nach Belieben ausfragen.

Nun, wenn du darauf bestehst...

Vielen Dank, mein Herr. Ich bin wirklich gleich zurück.

Also, dann beeile ich mich!

STRECK

Warte.

!!!

GREIF

ZUCK

Nimm das hier mit.

Du triffst dich doch mit der Person, für die du einen Heiler wolltest, nicht wahr?

Ich weiß zwar nicht, um was für eine Verletzung es sich handelt...

... aber hiermit wird keine Narbe zurückbleiben, wenn man sich täglich damit einsalbt.

Haha...

Du siehst so überrascht aus.

Ich...

Ich dachte schon, Ihr würdet mich umbringen...

Ich?

Dich? Hier?

Nein... Natürlich würdet Ihr das nicht tun.

Ich war nur kurz über-rumpelt...

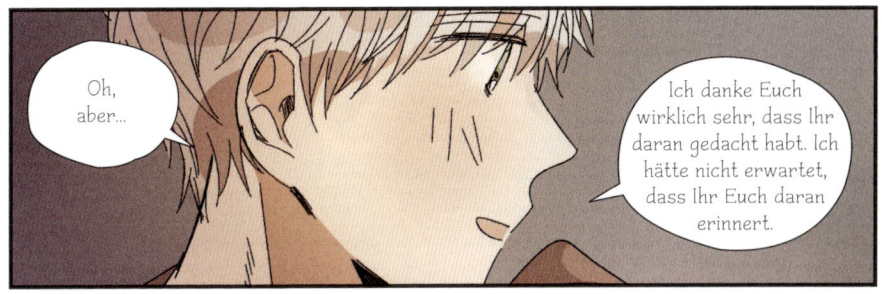

Oh, aber...

Ich danke Euch wirklich sehr, dass Ihr daran gedacht habt. Ich hätte nicht erwartet, dass Ihr Euch daran erinnert.

Dann werde ich jetzt nicht noch länger warten, sondern schnell gehen.

Bis gleich.

KLAMMER

Da fällt mir ein...

... dass ich zum ersten Mal von jemandem Medizin erhalten habe.

Und das auch noch im kaiserlichen Palast...

Nadan.

Suu?!

Pst!

Wo sind die anderen Wachen?

Die sind schon lang im Bett. Aber was machst du überhaupt zu dieser Stunde noch hier?

Wie ist die Arbeit so?!

Kommandieren die anderen dich auch nicht herum?!

Ist auch nichts vorgefallen?

Was ist mit deiner Verletzung von letztens?!

Suu...

Vergiss nicht zu atmen.

Die Arbeit ist super. In den Gemächern der Prinzessin scheint es wirklich sehr ruhig zuzugehen.

Was das Rumkommandieren betrifft... Es wäre gelogen, wenn es solche Momente gar nicht gäbe, aber es ist aushaltbar.

Vorgefallen ist ansonsten auch nichts.

Aber darfst du um diese Zeit überhaupt noch hierherkommen?

Ja. Aber sag mal, musst du diese Laternen unbedingt jetzt sofort aufhängen?

Das sind die Letzten im Palast.

Es scheinen noch mehr Laternen als sonst aufgehängt zu werden, da der Kaiser krank ist.

Der Kronprinz persönlich hat das befohlen.

Der Kronprinz persönlich?

Aber es geht doch hier um seinen Vater, sollte er sie dann nicht auch persönlich aufhängen?

Anstatt die Arbeit an andere abzugeben.

Haha!

Ich hoffe aber, dass es Seiner Majestät bald besser geht...

Dann würde es in Rahan auch wieder regnen...

Uns kann es doch egal sein, ob er lebt oder stirbt.

Und was bringt uns ein Kaiser oder Kronprinz, wenn es ja doch nicht regnet?

Der soge-nannte Kronprinz hat doch noch nicht ein einziges Mal ein richtiges Regenritual vollzogen.

Ah, aber das ist jetzt nicht wichtig.

Ist in den letzten Tagen vielleicht jemand auf dich zugekommen?

Wer denn?

Na, irgendwer eben!

Oder hat dich irgendeine fremde Person angesprochen?

Ich weiß nicht, ich war in letzter Zeit so beschäftigt wegen dem Fest...

Es gab also niemanden, der dich nach mir gefragt hat oder so?

Nicht wirklich. Sollte es so jemanden denn geben?

Auch keine Dienerin aus dem Harem oder eine Mamsell?

Nein, nicht dass ich wüsste.

Aber es herrscht so ein Trubel hier, dass ich mich nicht an jedes Gespräch mit jedem erinnere.

Wieso? Ist irgendwas?

Nein, ich wurde eines Morgens nur ganz plötzlich...

... zu einer anderen Arbeit abgezogen.

Deshalb...

Ach...

... deshalb habe ich dich also die letzten Tage über nicht gesehen.

Du bekommst es also nicht mal mit...

... ob ich im Palast bin oder nicht, richtig?

Oh...

Tut mir leid, das war rücksichtslos von mir.

Manchmal frage ich mich...

... warum Nadan sich damals eigentlich so um mich gekümmert hat.

Wo ist bloß der Junge...

... von damals hin?

Kapitel 9

Doch, das war wirklich dumm von mir.

Ach was, ich habe auch überempfindlich reagiert...

Ich sage das nicht, um eine Entschuldigung von dir zu bekommen...

Oh, ich habe da auch noch was für dich...

Ich habe eine Salbe auftreiben können.

Das ist eine allgemeine Heilsalbe, also sollte sie dir auch in Zukunft nützlich sein...

KRAM

Du hast dir davor ja auch den Arm verletzt.

So was kann sich schnell entzünden, wenn das Wetter jetzt auch noch so heiß wird...

Suu?

...

Ach herrje, ich war wohl so zerstreut, dass ich sie liegen gelassen habe.

Ich bringe sie dir beim nächsten Mal mit.

Ein wenig Vorsicht kann nicht schaden.

Meine Wunde ist schon wieder verheilt...

... behalt die Salbe ruhig, falls du sie mal brauchst. Es ist zurzeit nicht leicht, an anständige Medizin zu kommen.

Keine Sorge, der Harem ist voll mit solchem Zeug.

Am Festtag hast du bestimmt noch mehr zu tun, oder?

Vermutlich.

Schade, es wäre schön gewesen, sich die aufsteigenden Later- nen zusammen anzusehen.

Du warst doch neugierig darauf, wie das Laternenfest wohl aussehen mag, da das hier viel größer aufgezogen wird.

Ach, war ich das?

Ja...

Er ist ja ganz aus dem Häuschen.

Dabei meinte er noch, es würde nicht lange dauern.

Oje, ich bin schon viel zu lange hier. Ich sollte jetzt gehen.

Okay, danke für deine Hilfe.

Hab ein schönes Fest, Suu.

Danke, du auch.

Und vergiss nicht, was ich dir vorhin gesagt habe, ja?

Das ist wichtig! Was auch immer passiert, du weißt von nichts, okay?

Sag einfach nur, dass ich mich in Kürze selber melden und alles berichten werde.

Gut, mache ich.

Und das getrocknete Obst, das am Festtag verteilt wird, gib das ja nicht an andere weiter! Verstanden?!

Jaja...

Wenn du was übrig hast, dann heb es auf! Ich werde das dann verkaufen.

Schon verstanden...

244

Weshalb ziehst du denn so ein Gesicht?

Du hast doch endlich deinen Liebhaber wieder-gesehen.

Solltest du nicht eher Freudensprünge machen?

Ich habe Euch doch schon oft genug gesagt, dass das kein Liebhaber von mir war.

Das solltet Ihr aber auch wissen, wenn Ihr mich die ganze Zeit über beobachtet habt.

TAPP

Stimmt, ich konnte sehen, dass die Zuneigung recht einseitig von dir ausging.

STUTZ

Und ich kann sehen, dass Ihr keinen guten Ruf bei den Leuten um Euch herum habt.

Die bezeichnen Euch bestimmt als unerträglich, unmöglich, unausstehlich... Na, in die Richtung eben.

Ja, das kommt mir tatsächlich bekannt vor.

Auch wenn ich zu meiner Schande zugeben muss, dass ich länger nachtragend bin als andere.

Da kann ich mir also so eine gute Gelegenheit nicht entgehen lassen.

Es ist doch nur gerecht, wenn wir uns beide einmal ärgern dürfen.

Diese Theaterrunde vorhin hat mich echt fix und fertig gemacht.

Das ist doch Eure eigene Schuld gewesen, dass Ihr solch ein grausiges Buch für ein Kind mitgebracht habt!

Und dafür habt Ihr Euch auch ganz schön ins Zeug gelegt beim Vorlesen!

Es war tatsächlich eine ganz neue Erfahrung für mich, aber doch recht entwürdigend, wenn ich jetzt so darüber nachdenke.

Entwürdigend... Ach ja?

Also, wie fühlt es sich an...

... wenn man unglücklich verliebt ist?

Keine Ahnung, woher soll ich das wissen?

Aber das erinnert mich an ein bekanntes Sprichwort in Rahan.

Ist das wirklich so bekannt?

Im Harem jedenfalls, wo tagein, tagaus, um die Gunst des Kaisers gebetet wird, kennt das zumindest jeder.

Sicher, dass das nicht nur deine eigenen Gefühle sind?

...

»So sehr der Boden auch beten mag, so ist es doch der Himmel, der über den Regen entscheidet.«

Sehen alle, die im Harem arbeiten, der Liebe so abgestumpft entgegen?

Oder bist du da ein Sonderfall?

Oh...

Ach verdammt!

ZUCK

Tretet bitte noch mal kurz einen Schritt beiseite.

SCHIEB

Suu?!

Na, los!!!

Suu?

Bist das wirklich du?

Junger Herr.

Wie ist es Euch ergangen?

Junger Herr? So wurde ich ja lange nicht mehr genannt. Jetzt bin ich nur noch ein einfacher Beamter im Palast.

Hahaha... Ist Euer Vater wohlauf?

STREICH

Man sagt, dass der Palast eine Welt für sich ist, aber dich hier zu treffen, lässt ihn ganz klein erscheinen.

Ich war schon kurz davor, selbst auf die Jagd nach dir zu gehen.

Hast du das Geld, das du damals bekommen hast, gut angelegt?

Aber es ist schon irgendwie ungerecht, dass ich so gar nichts aus unserem kleinen Handel rausbe- kommen habe.

Haha... Ich wollte Euch aber wirklich etwas dafür geben.

Wenn ich mich recht erinnere, habe ich eindeutig für deinen ersten Beischlaf bezahlt.

Am nächsten Tag warst du jedoch spurlos verschwunden.

Hier scheint ein großes Missverständnis vorzuliegen, junger Herr.

Lös

Ich konnte zwar nicht selbst die Nacht mit Euch verbringen, jedoch habe ich für einen gebührenden Ersatz für Euer Geld gesorgt.

Ihr habt eindeutig zu mir gesagt, dass Ihr junges, unberührtes Blut möchtet, und nicht, dass Ihr mich auf irgendeine Weise schätzen würdet.

Daher habe ich einen unberührten Knaben ausgesucht, der mir von Statur und Alter her ähnlich ist, und ihn in Euer Gemach geschickt.

BRABBEL BRABBEL

Dieser Junge hat sich dazu noch nach Eurer Zuneigung gesehnt.

Ach, der...

Den habe ich umgebracht.

Das war so ein Schreihals, an dem mir einfach nichts recht gefallen mochte.

Oh, natürlich, wenn ein Sklave Euch nicht befriedigen kann, verdient er den Tod.

Oh nein... Er war zwar etwas töricht, aber kein übler Bursche.

Armer Kerl.

Und du solltest auch die Verantwortung dafür übernehmen, mir so etwas ins Bett gelegt zu haben.

Also, wie gedenkst du, deine Schuld zu begleichen?

Bitte verzeiht, dass ich kein gutes Auge dafür hatte.

Ich würde Euch ja gerne hier und jetzt meine Unschuld anbieten...

... jedoch wird das leider nicht möglich sein.

Ich befürchte...

... dass ich meine Unschuld nicht mehr besitze.

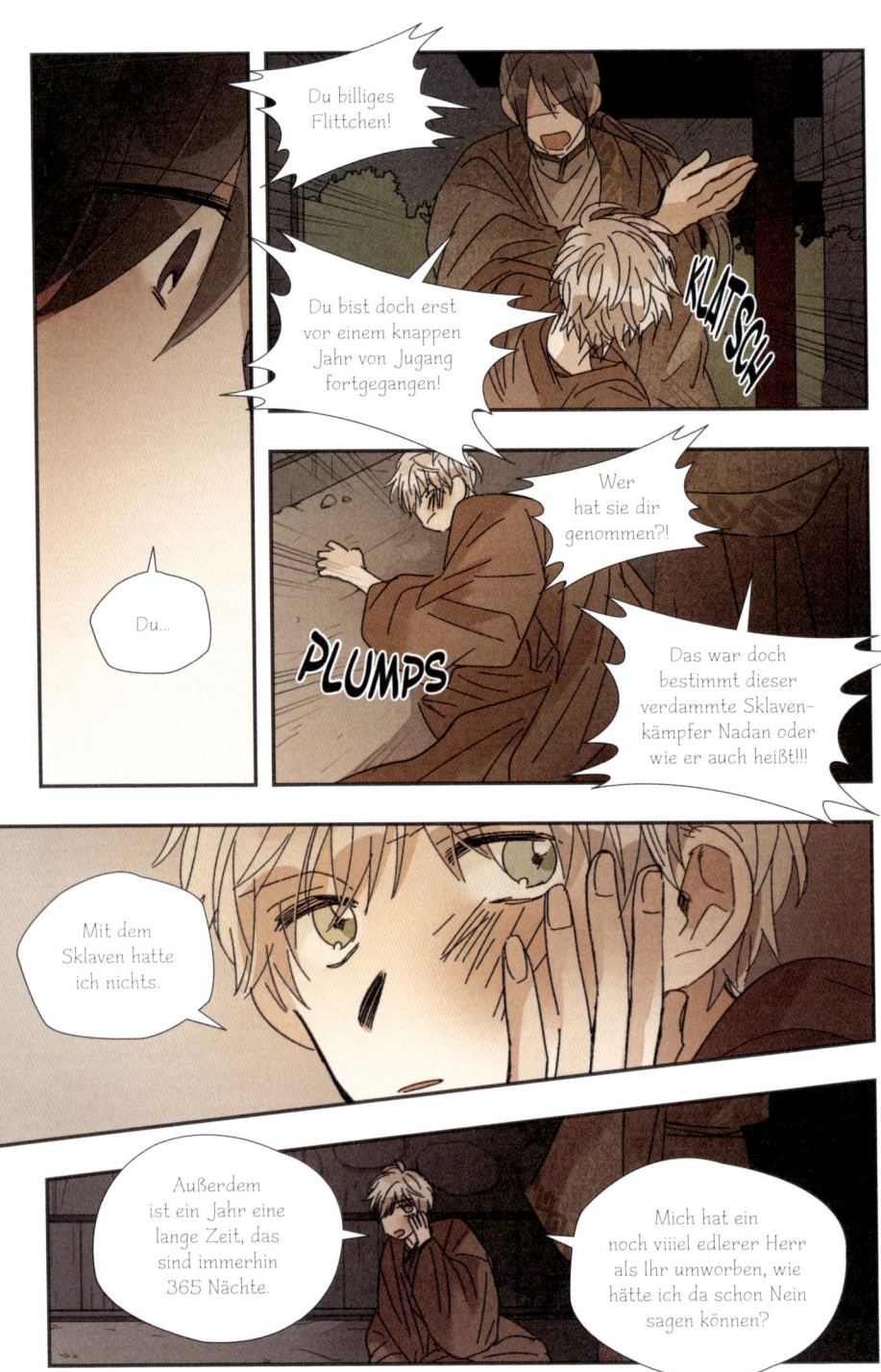

Du billiges Flittchen!

Du bist doch erst vor einem knappen Jahr von Jugang fortgegangen!

Wer hat sie dir genommen?!

Du...

PLUMPS

Das war doch bestimmt dieser verdammte Sklaven-kämpfer Nadan oder wie er auch heißt!!!

KLATSCH

Mit dem Sklaven hatte ich nichts.

Außerdem ist ein Jahr eine lange Zeit, das sind immerhin 365 Nächte.

Mich hat ein noch viiiel edlerer Herr als Ihr umworben, wie hätte ich da schon Nein sagen können?

Und ich hatte mich Euch ja schon mal verkaufen wollen, bevor Ihr im Palast angefangen habt.

Du unverschämter Wurm! Dein Mundwerk ist so lose wie eh und je!

Du scheinst wohl zu glauben, dass du eine starke Rückendeckung hier im Palast gefunden hast!

HAHA

HAHA

Der Spinner trägt das selbst hier mit sich herum...?

Ich habe nie Hand an dich gelegt, da ich so eingenommen von dir war.

Du jedoch hintergehst mich dafür nur ein ums andere Mal.

KRAM

Urgh...

ZIEH

Willst du wissen, wie die Kakerlake gestorben ist, weil sie mir mein Bett versaut hat?

?

Alles
innerhalb des
Palastes...

Und Ihr
seid...?!

Jemand,
der weit über
Euch steht. Nennt mir
Euren Namen und aus
welcher Familie Ihr
stammt.

Ihr tragt
da aber ein nettes
Spielzeug im Palast
herum.

ZACK

Mein
Vater ist
der Verwalter
der Region
Jugang...

... und ich
bin Beamter
im...

Wisst
Ihr was?

Ihr
braucht mir
das gar nicht
zu sagen.

STECH

Urgh...

Ahhhhh!!!

Mein Auge!!!
Mein Auge!!!

Du nutzloses Ding, was stehst du da nur dumm rum?!

Hick!

Aber wirklich, wor- auf wartest du noch?

Schaff deinen Herrn sogleich hier fort.

Aaargh!

Die Palastheiler sind zu beschäftigt mit den Festvorbereitungen, daher erlaube ich Euch, einen Heiler von außerhalb zu rufen.

Ja... Jawohl.

Suu, alles in Ordnung?

Du scheinst
mir ziemlich oft
vor die Füße zu
fliegen.

Ihr
seid zu weit
gegangen.

Ich?
Zu weit?

Es war
absolut nicht
nötig, zu solch einer
extremen Tat zu
schreiten.

Was ist,
wenn ich ihm
das nächste Mal im
Palast über den
Weg laufe?

Ich
hätte das
selbst regeln
können.

Ach ja?
Und wie?

Du kannst
ja kaum deine
Unschuld wieder-
herstellen.

ARGH

Haah... Zeigt mir lieber mal Eure Hand.

Schon gut.

Nichts ist gut! Ich habe genau gesehen, dass Ihr geblutet habt.

In dieser Peitsche waren kleine Spitzen versenkt... Ach, egal.

Gebt mir einfach Eure Hand!

Nicht nötig, ich heile sehr schnell.

Wo gibt es denn so was?!

Ihr seid doch nicht etwa einge-schnappt?!

Doch. Ich helfe dir hier und bekomme dafür kein einziges nettes Wort. Das nervt mich ehrlich gesagt.

Wartet! Lord Jin!!!

Suu...?

Fortsetzung folgt in Band 2 von Where the Dragon's Rain Falls.

PERFEKT **UNPERFEKTE** JUNGS!

PLAY IT COOL, GUYS

Kokone Nata

Wer kennt sie nicht, diese kleinen peinlichen Situationen, bei denen man am liebsten im Erdboden versinken würde: Gegen eine Glastür zu laufen, mit einem falsch geknöpften Hemd vor die Tür zu gehen oder den Strohhalm zu verfehlen, wenn man gerade zum lässigen Schlürfen eines Getränks ansetzen wollte.

Doch selbst die coolsten Jungs sind nicht vor den kleinen Trottelmomenten des Alltags gefeit!

»Play it Cool, Guys« ist Urlaub für die Seele. Hier kann man sich Seite für Seite durch die episodenhaften Kapitel kichern und eine Handvoll hübscher Jungs dabei beobachten, wie sie sich durch den Alltag trotteln.

Jeder Band komplett in Farbe und mit SNS Card in 1. Auflage!

HAYABUSA
www.hayabusa-manga.de

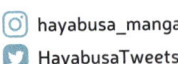

hayabusa_manga
HayabusaTweets

OCTO

VOICE RUSH!!

HÜBSCHE JUNGS MIT MARKANTEN STIMMEN

Toshiro gilt überall als ruppiger Rowdy, das liegt vor allem an seiner direkten Art und seiner markanten Stimme. Dabei hat er eigentlich ein gutes Herz. Um seiner Schwester ein Kunststudium ermöglichen zu können, arbeitet er neben der Schule hart. Als sein Freund Yuta ihn zu einem Synchronsprecher-Casting mitnimmt und er erfährt, dass es bei einem Award als bester »Voice Actor« zehn Millionen Yen Preisgeld gibt, ist Toshiros Ziel klar: Er will der beste Synchronsprecher Japans werden!

© Octo/Kodansha Ltd.

Slice of Life • ab 14 Jahren
Großtaschenbuch • schwarz-weiß
ca. 160 Seiten • 12,5 x 18 cm

HAYABUSA
www.hayabusa-manga.de

 hayabusa_manga   HayabusaTweets

YUKO INARI

DOPPELT VERLIEBT IN DEN BESTEN FREUND...

Take und Umeko sind seit ihrer Kindheit befreundet. Da Take schweres Asthma hat, fehlt er oft an der Schule und hat aufgrund seines Außenseiterstatus eine emotionale Mauer um sich gezogen. Selbst Umeko, die sich immer aufopfernd um ihn kümmert, wird nicht besonders nett von ihm behandelt. Doch als auf der Oberschule der fröhliche und beliebte Matsu in das Leben der beiden tritt, ändert sich mit einem Mal alles: Seine positive Art lässt erobert ihre Herzen im Sturm. Während die drei nach außen hin wie eine unzertrennliche Dreierclique wirken, merken sowohl Take als auch Umeko, dass sie sich in Matsu verliebt haben... Aber ist es wirklich wert, dafür die Freundschaft zu riskieren?

In DREI BÄNDEN abgeschlossen!

Romance • ab 14 Jahren
Großtaschenbuch • schwarz-weiß/farb
ca. 210 Seiten • 12,5 x 18 cm

10th © Yuko Inari / SQUARE ENIX

HAYABUSA
www.hayabusa-manga.de

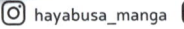 hayabusa_manga HayabusaTw

**Der Frühling des letzten Schuljahres,
ein Wendepunkt im Leben**

Taichi Ichinose kommt im dritten Jahr der Highschool mit
der tollpatschigen Futaba Kuze und dem Mädchenschwarm
Thoma Mita in eine Klasse. Während er mit Thoma schon
seit der Kindheit befreundet ist, kann er Futaba aus irgend-
einem Grund nicht leiden.
Dann offenbart ihm Futaba eines Tages, dass sie in Thoma
verliebt ist, und bittet ihn um Unterstützung…! Welches Ge-
fühlschaos erwartet die drei Helden…?!
Eine Highschool-Romance der etwas anderen Art!

AO NO FLAG © 2017 by KAITO / SHUEISHA Inc.

www.carlsenmanga.de

Where the Dragon's Rain Falls

C Lines
2024 Carlsen Verlag GmbH * Völckersstraße 14-20 * 22765 Hamburg
Aus dem Koreanischen von Jessica Walther
WHERE THE DRAGON'S RAIN FALLS
© summer 2018 / D&C MEDIA
All rights reserved.
German edition published by arrangement with D&C MEDIA through Orange Agency.
Redaktion: Lena Dilger
Herstellung: Lena Voigt
Alle deutschen Rechte vorbehalten.
Wir behalten uns die Nutzung unserer Inhalte für Text- und Data-Mining
im Sinne von § 44b UrhG ausdrücklich vor.
ISBN: 978-3-551-80346-7

carlsen.de/webtoons
carlsen.lnk.to/CarlsenSocialMedia
hayabusa_manga
carlsen_manga